Collection de M. N... de G.

OBJETS D'ART

ET DE

CURIOSITÉ

DU XVᵉ AU XVIIIᵉ SIÈCLE

TABLEAUX ANCIENS

NOVEMBRE — 1905

CATALOGUE

DES

OBJETS D'ART

ET DE

CURIOSITÉ

Européens, de l'Orient et de l'Extrême-Orient

DU XV° AU XVIII° SIÈCLE

ORFÉVRERIE, ARGENTERIE, MINIATURES, BIJOUX, IVOIRES, MATIÈRES PRÉCIEUSES

LAQUES — MANUSCRITS

BRONZES, CUIVRES, ÉMAUX, BOIS SCULPTÉS

Armes Persanes

PORCELAINES, FAIENCES, GRÈS

BELLES ÉTOFFES — BRODERIES

DENTELLES

PRÉCIEUX TAPIS POLONAIS DU XVI° SIÈCLE

TAPIS D'ORIENT

DES XV°, XVI° ET XVII° SIÈCLES

Tableaux Anciens

COMPOSANT LA COLLECTION DE M. N... DE G.

Et dont la Vente aura lieu

HOTEL DROUOT, SALLE N° 6

DU LUNDI 20 AU VENDREDI 24 NOVEMBRE 1905

à deux heures

COMMISSAIRE-PRISEUR

M° LAIR-DUBREUIL, 6, rue de Hanovre

EXPERTS

Pour les Objets d'art :	Pour les Tableaux :
M. ARTHUR BLOCHE	**M. GEORGES SORTAIS**
EXPERT PRÈS LA COUR D'APPEL	PEINTRE-EXPERT PRÈS LE TRIBUNAL CIVIL
51, rue Saint-Georges	11, rue Scribe

EXPOSITION PUBLIQUE, SALLES N°ˢ 6 et 7

Le Dimanche 19 Novembre 1905, de 2 heures à 6 heures

CONDITIONS DE LA VENTE

Elle sera faite au comptant.

Les acquéreurs paieront *dix pour cent* en sus des enchères.

L'exposition mettant le public à même de se rendre compte de l'état et de la nature des objets, il ne sera admis aucune réclamation, une fois l'adjudication prononcée.

Paris. — Imp. de l'Art, E. Moreau et Cⁱᵉ, 41, rue de la Victoire.

OBJETS D'ART

ET DE

CURIOSITÉ

EUROPÉENS

DÉSIGNATION

MINIATURES

150

1 — Miniature de l'École anglaise : Portrait de femme en robe blanche et chapeau à plume blanche avec ruban bleu, assise dans un paysage. Cadre en argent repoussé, xviiie siècle.

2 — Miniature rectangulaire de l'École anglaise : Portrait de femme en robe mauve, avec collier et boutons de perles.

3 — Miniature : Portrait de la Duchesse de Bourgogne. Signée : *C. B.* Cadre Loüis XV, en bronze doré.

120

4 — Miniature rectangulaire : Portrait d'un grand électeur en armure et manteau de velours rouge, bordé d'hermine.

5 — Miniature ovale : Portrait de Napoléon 1er. Cadre en soierie du Premier Empire.

180

6 — Miniature ovale : Portrait de Madame Récamier. Cadre en étoffe ancienne.

7 — Miniature ovale de l'École anglaise : Portrait de femme en robe blanche et nœud bleu, tenant un livre.

8 — Grande miniature rectangulaire : Portraits d'une Princesse anglaise et de son fils. Signée : *J. Russel*.

9 — Miniature ovale : Portrait de Madame la Générale Junot, parée de saphirs. Cadre en argent Louis XVI.

10 — Miniature de l'École anglaise : Portrait de femme à grand chapeau, orné de plumes rouges.

11 — Miniature : Portrait de la Reine Louise. Premier Empire.

12 — Miniature ovale : Portrait de Marie-Antoinette, coiffée d'un turban, orné de plumes. Cadre en soie ancienne.

13 — Miniature ovale : Jeune femme en robe et capote rouge.

14 — Petite miniature ovale : Portrait d'homme du Premier Empire.

15 — Miniature ovale : Portrait d'homme en habit rouge, caressant un chien. Cadre avec fronton à nœud de ruban en bois sculpté et doré. Époque Louis XVI.

16 — Petite peinture ronde en laque : Personnages
près d'un cours d'eau.

17 — Deux fixés ovales : Marines.

18 — Miniature rectangulaire : le Duc de Reichstadt.
Signée : *J. M.* Cadre en bronze du Premier
Empire.

19 — Miniature rectangulaire de l'École anglaise :
Portrait de Madame Denon. Cadre en soierie
ancienne.

20 — Deux miniatures ovales : Portraits de Marie de
Médicis et de Marie Stuart, en costumes de cour.
Cadres en velours de Gênes.

21 — Miniature ovale : Portrait de Marie Stuart en
costume de deuil. Cadre à volutes feuillagées en
bois sculpté et doré, du temps de Louis XV.

22 — Miniature ovale : Portrait de Gabrielle d'Es-
trées.

23 — Miniature à l'aquarelle : Portrait de femme.
Premier Empire.

24 — Médaillon offrant en miniature Louis XVI et
sa famille.

25 — Bas-relief en cire : Portrait d'homme. Époque
Louis XVI.

ORFÈVRERIE, ARGENTERIE

26 — Aiguière en argent repoussé, ciselé et gravé, parties dorées, goulot et anse à bustes de femmes, pied à mascarons et coquillages, panse formée d'une noix de coco, ornée d'une cariatide d'enfant. xviie siècle.

27 — Buire en argent repoussé, parties dorées, panses à côtes tournantes, ornée dans le haut d'un animal ailé, tenant un écusson. Époque Louis XV.

28 — Gobelet en argent repoussé et doré, dessin à grenades superposées. xviie siècle.

29 — Petit vidrecôme en argent doré, repoussé à mascarons, anse ornée d'une tête de satyre. xviiie siècle.

30 — Gobelet d'honneur en argent repoussé, décoré par compartiments d'armoiries portant des inscriptions anglaises et la date 1617.

31 — Hanap en argent repoussé, parties dorées, représentant des scènes de la vie de Bacchus, bordure à fruits. xviie siècle.

32 — Grand hanap en ivoire finement sculpté, représentant une scène de guerre, composition

de nombreux personnages et cavaliers, monture
en argent repoussé et doré, à trophée militaire,
anse à tête d'homme barbu, couvercle surmonté
d'un casque posé sur un hausse-col, entre deux
épées. xviiie siècle.

33 — Porte de tabernacle en argent repoussé et
gravé, représentant un prêtre vêtu de son costume sacerdotal, offrant le calice devant l'autel;
au-dessus de lui volent des amours. xviie siècle.

34 — Applique en filigrane d'argent, parties dorées,
représentant le double aigle d'Autriche. xviiie
siècle.

35 — Petit vase sur trépied en argent repoussé, à
tête d'homme et feuillages. Époque fin Louis XVI.

36 — Deux salières forme jardinières, supportées
par des dauphins et des lions en argent.
Ier Empire.

37 — Deux poivrières en argent repoussé, à arabesques fleuries et oiseaux. xviiie siècle.

38 — Sonnette en argent ciselé, décor représentant
un ogre et des guirlandes de fleurs surmontées
d'une statuette d'ours dansant. Fin du xviiie
siècle.

39 — Coupe en argent repoussé et doré, décor
par compartiments à figure du Christ, croix,

gerbe de blé, grappe de vigne et aigle, ombilic
à buste d'impératrice byzantine.

40 — Petit encrier à deux godets en argent. Ier Empire.

41 — Salière en argent doré, représentant un personnage poussant un traineau. Travail hollan-
dais du xviiie siècle.

42 — Croix en argent ciselé et émaillé, offrant d'un
côté la Résurrection et de l'autre côté le Bap-
tème de Saint-Jean, pied parties gravées et
dorées. Travail ancien d'Arménie.

43 — Ciboire gothique en cuivre doré, à couvercle
de forme conique, surmonté d'une croix.

44 — Ciboire en cuivre repoussé et doré, dessin à
têtes de chérubins et godrons, panse argentée,
surmonté d'une croix. xviie siècle.

45 — Garniture d'autel en cuivre ciselé et argenté,
composée d'un Christ sur croix et de deux flam-
beaux à piétements triangulaires, ornés d'écussons et de coquilles. Époque Louis XIV.

46 — Grand plat ovale en cuivre repoussé et
argenté, représentant une scène mythologique,
marli à figures d'amours tenant des arabesques
feuillagées et fleuries. Style xviie siècle.

47 — Drageoir rectangulaire, à pans coupés, en agate orientale, monture en argent. Travail français, xviiie siécle.

48 — Petite pendule en argent ciselé et doré, parties émaillées, avec mouvement ancien à répétition. Travail viennois.

49 — Grande lampe d'autel en cuivre gravé, argenté et repoussé, dessin à écusson, coquilles et branchages. Époque Louis XIII.

50-51 — Deux petites lampes d'autel en cuivre repoussé et argenté, de forme triangulaire, dessin à écusson. Époque Louis XIV.

OBJETS DE VITRINE

52 — Deux petites bonbonnières hollandaises en argent repoussé. xviiie siècle.

53 — Bonbonnière en argent repoussé et doré, dessus orné d'un gros cabochon en lapis-lazuli.

54 — Très petite bonbonnière ronde en agent doré, couvercle orné d'un cabochon en lapis-lazuli.

55 — Épingle de coiffure, forme fleur, en filigrane d'argent doré. Vieux Venise.

56 — Quatre fermoirs de manuscrits en argent repoussé, à personnages et têtes de chérubins. Époque Louis XV.

57 — Suite de neuf cadres en argent ciselé, repoussé et filigrané. xviiie siècle.

58 — Deux épingles de coiffure suisses en filigrane d'argent, parties émaillées et enrichies de pierreries.

59 — Porte-monnaie en ivoire sculpté, à figure de femme dans un paysage, garniture en argent ciselé.

60 — Petite bonbonnière en argent doré, couvercle en ancien émail, représentant des bustes de personnages de la Comédie italienne.

61 — Bracelet étrusque en bronze, avec vestiges de
dorure.

62 — Plaquette en nacre sculptée : Offrande au dieu
Pan, cadre en argent doré.

63 — Petit bas-relief sculpté sur camée : Nymphes
et tritons.

64 — Petit médaillon en ivoire sculpté : la Belle Jardinière.

65 — Petit médaillon en verre : Cérés.

66 — Tète d'homme grec à trois faces en marbre
de Paros.

67 — Petit médaillon en marbre rouge antique :
Empereur romain.

68 — Médaillon en haut relief : Tète de femme
sculptée sur améthyste.

69 — Sept médaillons et ornements en corail et
malachite sculptés.

70 — Collection de quarante-six camées sculptés,
en bas et haut reliefs, représentant des sujets
mythologiques, des bustes de personnages de
l'Antiquité : Assyrie, Grèce, Rome, etc....

71 — Très grand camée coquille sculpté en relief, représentant Charles VII accompagnant Agnès Sorel chez un devin ; cadre en cuivre ciselé.

72 — Vingt-quatre surmoulés de camées en terre cuite, à sujets mythologiques et personnages de l'Antiquité.

73 — Deux intailles, une avec inscription : Gage de l'Amitié et Amour.

74 — Éventail sculpté, avec feuille représentant une pastorale Louis XVI.

75 — Deux statuettes de danseurs russes en bronze ciselé et doré, sur socles en malachite.

PORCELAINES, FAIENCES

76 — Service à thé et à café en ancienne porcelaine
de Saxe, à décor d'or ; dessin représentant des
sujets de chasse, composé d'une cafetière, d'une
théière, d'un sucrier, d'un flacon à thé et de cinq
tasses avec leurs soucoupes.

77 — Pot à crème en ancienne porcelaine de Kro-
nenburg, décor à bouquets de fleurs sur fond
gaufré.

78 — Théière en ancienne porcelaine de Kronen-
burg, dessin à bouquets de fleurs.

79 — Théière en ancienne porcelaine de Kronen-
burg, décor aux fleurs ; couvercle surmonté
d'un petit lion.

80 — Flacon en porcelaine de Paris, décor à paysage.

81 — Deux tasses en porcelaine du Premier Empire,
décor de cavaliers dorés sur fond vert-mat.

82 — Tasse en porcelaine anglaise, décor en relief
doré sur fond orange.

83 — Tasse et soucoupe en porcelaine de Paris, à
décor d'or sur fond gros bleu Louis XV.

84 — Deux plats lobés et à dentelures en faïence de Delft, décor en bleu.

85 — Assiette en ancienne faïence de Delft, décor dans le goût oriental.

86 — Deux assiettes en ancienne porcelaine anglaise, décor d'armoiries centrales, bordure dorée.

87 — Grand plat rond en ancienne faïence de Delft, décor, corbeille remplie de fruits et volatiles.

88 — Plat en ancienne faïence de Delft, décor en bleu, paysage avec église.

89 — Buire en faïence italienne, à reflets métalliques, décor à cariatides et aux armes de Rome sur fond bleu.

90 — Deux vases en faïence de Castelli, décor représentant l'Enlèvement d'Europe, et Vénus surprise ; anses formées par des serpents enroulés.

91 — Grand plat rond en faïence de Ginori, dessin représentant trois amours assis sur un écusson à rocailles ; bordure à mascarons et arabesques en grisaille sur fond bleu.

92 — Plat rond en ancienne faïence hispano-mau-

resque, ombilic à volatiles, à reflets métalliques.

93 — Plat rond en ancienne faïence hispano-mauresque, à reflets métalliques et bleus, décor à rosace centrale, marli à palmes.

94 — Plat rond en ancienne faïence hispano-arabe, décor à reflets métalliques.

95 — Hanap en porcelaine de Capodimonte, décor en relief à figures d'enfants tenant des draperies; anse à cariatide de femme ailée; couvercle surmonté d'une statuette d'enfant agenouillé.

CUIVRES, ARMES

96 — Aquamanile en cuivre parties gravées, orné
de vestiges de dorure, représentant un lion
fièrement campé, anse formée d'une cariatide
d'animal, à mi-corps de plumes. xviᵉ siècle.

97 — Plat gothique creux en cuivre jaune repoussé,
représentant au centre Saint Christophe entouré
d'une inscription.

98 — Plat creux en cuivre jaune repoussé, avec
ombilic central, entouré d'une arabesque feuil-
lagée. xviᵉ siècle.

99 — Plat rond en cuivre jaune, avec ombilic à
fleurs de grenades, entouré d'une inscription :
xviᵉ siècle.

100 — Couteau de chasse, lame à triple gouttière
gravée et ciselée près du talon, offrant un animal et un volatile, avec inscriptions ; manche en
corne incrustée d'argent, dessin aux aigles.
xviiᵉ siècle.

101 — Couteau de chasse, à large lame, manche en
ivoire sculpté à côtes, monture en acier mar-
telé. xviiᵉ siècle.

102 — Épée de cour, à lame triangulaire incrustée
d'or près du talon, poignée et quillons à corps

de lions et médaillons tête de Henri IV, en argent, pommeau en fer incrusté d'argent. xviie siècle.

103 — Épée de cour, lame à gouttière, ajourée près du talon, poignée et garde en fer incrusté d'argent. Époque Louis XV.

104 — Épée à lame triangulaire, avec poignée en fer ciselé et ajouré. Époque Louis XIII.

105 — Épée de cour, à lame triangulaire et gravée près du talon, poignée avec pommeau, quillon et garde en fer ciselé et ajouré. Époque Louis XV.

106 — Épée de cour, à lame triangulaire gravée près du talon, poignée tout en acier, ornée de clous facetés, garde ajourée, avec son fourreau laqué blanc. Époque Louis XVI.

107 — Épée de page, à lame triangulaire, poignée en acier faceté, fourreau en peau blanche, accompagné de l'agrafe en fer ajouré. Époque Louis XVI.

108 — Épée de cour, à lame triangulaire en acier bleui, incrustée d'or près du talon, garde et poignée en acier, fourreau en peau blanche.

109 — Épée avec lame incrustée d'or près du talon,

pommeau, quillons et garde en cuivre ciselé et
ajouré à rinceaux et écussons. Époque Louis XV.

110 — Épée avec lame à arêtes saillantes, garde
en cuivre ciselé et doré, à ornements feuillagés,
quillons droits. Époque Louis XV.

111 — Épée avec poignée en cuivre ciselé et argenté.
Epoque Louis XVI.

112 — Deux épées avec lames gravées près du
talon, poignées en cuivre ciselé et argenté à
feuillages et coquilles ensoleillées. Epoque
Louis XV.

113 — Epée avec poignée tout en cuivre ciselé et
doré à personnages et cavaliers. XVIIIe siècle.

114 — Petite épée avec lame à arêtes, ornée de
dessins gravés à arabesques, poignée en fer
noirci. Louis XIII.

115 — Baïonnette, lame gravée et ciselée près du
talon, douille en cuivre ajouré et gravé, à tête
d'homme et lion au milieu de feuillages. Epoque
Louis XV.

IVOIRES, ÉMAUX

OBJETS DIVERS

116 — Grand olifant en ivoire finement sculpté en haut-relief, décor représentant des chasses à l'ours, au cerf et au sanglier; embouchoir à tête d'animal feuillagé. xviiie siècle.

117 — Poignard avec lame à double gouttière, fourreau et poignée en ivoire sculpté, offrant dans des médaillons des bustes de rois de France et armoiries. Style Louis XIII.

118 — Poudrière en os sculpté en relief, décor représentant le Jugement de Pâris. xvie siècle.

119 — Escarcelle en velours violet, monture en cuivre ciselé, à draperies. xviiie siècle.

120 — Râpe à muscade, formée par une statuette de dame noble, en ivoire, représentée parée de perles, tenant des branches fleuries. xviie siècle.

121 — Pipe en os sculpté en relief, représentant une chasse au cerf. Garniture en argent.

122 — Plaque en ancien émail, représentant le Christ en croix, entouré d'anges portant des ciboires et des banderoles, signée; cadre en bois sculpté et doré. xviie siècle.

123 — Plaque rectangulaire en ancien émail, représentant une Annonciation ; cadre en bois sculpté.

124 — Panneau gothique en bois sculpté, orné de deux plaques en ancien émail, représentant des saintes.

125 — Plaque en ancien émail, dessin en grisaille, sur fond noir, représentant un chasseur.

126 — Petit médaillon Louis XIII en émail, représentant les Rois Mages. Encadré.

127 — Plaque en émail, représentant un bouffon ; cadre en argent repoussé, à feuillages, Louis XV.

128 — Petit émail rectangulaire ancien : La Vierge et l'Enfant, dans un encadrement de fleurs. XVIIe siècle.

129 — Flacon, à panses aplaties, en fer incrusté d'argent, offrant des médaillons à personnages au milieu de rinceaux, de fruits, de figures d'anges et têtes de chérubins ; anses à têtes de faunes. XVIe siècle.

130 — Plat creux en étain, offrant au centre les armes de France. XVIIIe siècle.

131 — Plaquette en bronze, offrant en haut relief le buste de Saint Jean. XVIIe siècle.

132 — Canne en jonc, avec pomme en or gravé
et repoussé, à arabesques feuillagées, dessin
Louis XV.

133 — Canne en jonc, avec pomme en argent repoussé, à fleurs et feuillages. Époque 1830.

134 — Badine en jonc, avec manche en argent gravé.
Premier Empire.

135 — Gant de dame, pour la chasse au faucon, en
cuir brodé d'ornements en argent. Epoque du
xve siècle.

BOIS SCULPTÉS, CUIRS

136 — Tabernacle en bois sculpté et doré, montants à têtes de chérubins sur gaînes drapées, ouvrant à une porte en fer découpé, ajouré et peint, représentant le Christ en croix. XVIIe siécle.

137 — Glace en verre de Venise, offrant au centre un portrait de doge, cadre en bois sculpté et doré à rocailles quadrillées et fleuries.

138 — Petit cabinet de pharmacie en bois, avec charnières et ornements en fer, contenant à l'intérieur des flacons et des petites boîtes en étain. XVIIIe siècle.

139 — Coffret recouvert d'ancien velours vert, bardé et avec serrure en fer. XVIIe siècle.

140 — Grand coffret, couvercle bombé en velours de Venise, monture et ornements en fer repoussé, à rosaces et feuillages, intérieur gaîné de damas de soie rouge. Venise, XVIIe siécle.

141 — Petit coffret gothique en bois sculpté, à volatiles.

142 — Petit coffret en bois sculpté et peint, décor à fleurs sur fond vert-olive. Époque Louis XV.

143 — Coffret vieux florentin en bois, orné de bas-
reliefs en pâte de riz sur fond doré, représentant des petits personnages avec paysages.

144 — Petit cabinet en bois peint, orné de médaillons de fruits, intérieur ouvrant à secret. xviii^e
siécle.

145 — Petit coffret gothique en bois sculpté, à rosaces.

146 — Coffret gothique en bois, orné de fer forgé, à
cloutés de rosaces.

147 — Coffret-pupitre en marqueterie de bois, dessin de châteaux, personnages et fleurs. Signé et
daté : *1743*.

148 — Tronc en bois sculpté, en relief et peint,
représentant des scènes de la vie du Christ,
angles à statuettes d'hommes. xviie siècle.

149 — Deux statuettes gothiques d'applique en bois
sculpté, peint et doré : le Christ et la Vierge.

150 — Deux statuettes en bois sculpté et peint :
Joueurs de vielle. xviiie siècle.

151 — Groupe en bois sculpté : Pieta ; socle à tête
de chérubin. xviie siècle.

152 à 156 — Suite de dix cadres en bois sculpté et doré, des XVIᵉ, XVIIᵉ et XVIIIᵉ siècles.

157-158 — Deux devants d'autel en cuir de Cordoue, offrant au centre des scènes du Nouveau Testament au milieu d'amours supportant des couronnes et des volutes fleuries. XVIIᵉ siècle.

159 — Bas-relief en cuir repoussé et peint, représentant la Sainte Famille. XVᵉ siècle.

160 à 162 — Douze coussins en cuir de Cordoue repoussé et ciselé, à décors peints, parties dorées et argentées : décor de branchages, jardinières et rinceaux feuillagés et fleuris. XVIᵉ siècle.

163 — Coffret en cuir brun, orné de clous et de fleurs de lys en cuivre.

DENTELLES

164 — Napperon en soie bleue, encadré d'une large dentelle en ancien point de Sicile.

165 — Napperon en soie bleue, encadré d'ancienne dentelle au filet, à décor ornementé. Sicile.

Haut., 1 m. 40 cent.; long., 1 m. 40 cent.

166 — Napperon en soie bleue, encadré d'une ancienne dentelle, point de filet, dessin à vases et oiseaux. Sicile.

Haut., 1 m. 40 cent.; larg., 1 m. 40 cent.

167 — Napperon en soie rose, encadré d'une ancienne dentelle au point de filet, brodée de soies multicolores; dessin à feuillages et fleurs. Sicile.

Haut., 1 m. 10 cent.; long., 1 m. 70 cent.

168 — Volant en ancienne dentelle, brodée de soie, dessin en bleu, rose et jaune, à arbustes. Naples.

Haut., 15 cent.; long., 4 m. 40 cent.

169 — Volant en ancienne guipure Renaissance, dessin de fleurs et d'enroulements de feuillages en bleu, blanc et brun.

Haut., 17 cent.; long., 3 mètres.

170 — Volant en ancienne guipure de la Renaissance, dessin à festons et entrelacs fleuris, en bleu, blanc et bistre.

Haut., 20 cent.; long., 1 m. 85 cent.

171 — Volant en fil tiré, dessin de volatiles. xvi⁰ siècle.

Haut., 10 cent.; long., 3 m. 20 cent.

172 — Volant en deux coupes en ancienne guipure de Venise, dessin à quadrillés, bordure dentelée.

Haut., 15 cent.; long., 3 m. 10 cent.

173 — Volant en ancienne guipure de Venise, dessin à petits carreaux ornementés, bordure dentelée.

Haut., 16 cent.; long., 1 m. 60 cent.

174 — Volant en ancienne guipure de Venise, dessin dentelé et à rosaces.

Haut., 11 cent.; long., 1 m. 20 cent.

175 — Garniture de costume en ancienne guipure de Venise, dessins à ornements et rosaces, composée de six pièces.

176 — Volant en ancien point d'Alençon, dessin à festons enguirlandés de fleurs, sur fond de pointillé.

Haut., 13 cent.; long., 2 m. 80 cent.

177 — Grand voile en ancien point de Chantilly, noir, dessin à fleurs et arabesques.

Haut., 90 cent.; long., 2 m. 80 cent.

178 — Col en ancien point de Venise, en relief, décor très fin, à fleurs et feuillages.

179 — Grand collet en ancien point de Milan, dessin à fleurs et feuillages.

180 — Grand panneau en ancien point de Milan, dessin à branchages feuillagés et fleurs.

Haut., 55 cent. ; long., 2 m. 40 cent.

181 — Deux barbes, dessin, branchages de fleurs et oiseaux.

Longueur, 1 mètre chaque.

182 — Volant en trois coupes, dessin représentant Neptune et des colombes. Composition de neuf points différents.

Haut., 7 cent.; long., 1 m. 85 cent.

182 *bis* — Galons en dentelle d'argent ancien de Venise.

TAPISSERIES, ÉTOFFES

BRODERIES, SOIERIES

183 — Grande tapisserie de soie à double face, dessin à animaux et volatiles de toutes espèces au milieu de branches feuillagées et fleuries, et couronnes princières, sur fond rouge, à triple bordure. Travail polonais dans le goût persan du règne de Sigismond. xvie siècle.

Haut., 2 m. 30 cent.; larg., 2 mètres

184 — Lambrequin en velours de Venise, broché de soie et d'or (veluto controtaliato), dessin brodé représentant des oiseaux au milieu de grandes fleurs. xvie siècle.

185 — Petit panneau en velours de Venise, broché de soie et d'or (veluto controtaliato), dessin brodé offrant au centre un vase entre deux oiseaux; bordure à tulipes et feuillages. xvie siècle.

186 — Grande portière en ancien velours de Gênes rose pêche, dessin ciselé à palmettes, sur fond jaune, garnie de franges assorties.

Long., 2 mètres ; larg., 1 m. 60 cent.

187 — Panneau en ancien velours de Gênes vert,

à grands ramages fleuris, sur fond jaune tissé
d'or.

Long., 2 mètres ; larg., 55 cent.

188 — Grande portière en ancien velours de Gênes
fond vert mousse, dessin ciselé à rosaces au
milieu de treillages fleuris, garnie de franges
assorties.

Long., 2 m. 35 cent.; larg., 1m. 65 cent.

189 — Grand panneau en ancien velours de Gênes
fond vert, dessin ciselé à ornements et losanges
sur fond jaune.

Long., 2 m. 85 cent.; larg., 1 m. 50 cent.

190 — Portière en ancien velours de Venise rouge,
dessin branchages de fleurs et fruits ton sur
ton.

191 — Grande portière, style gothique, en ancien
velours de Venise fond rouge, dessin ciselé à
grandes rosaces sur fond tissé d'or et d'argent,
garnie de galons, dentelles et franges métalliques, contre-fond en soie verte.

192 — Collet en ancien velours de la Renaissance,
dessin ciselé à losanges ornementés, fond
chaudron.

193 — Cinq coussins en ancien satin broché de Venise, à fleurettes, sur fond jaune.

194 — Grande portière en ancienne brocatelle de Sienne, à dessin bleu sur fond jaune d'or, garnie de galons d'argent et de franges assorties.

Long., 3 mètres ; larg., 2 mètres.

195 — Panneau en brocart d'argent, dessin à festons et ramages de fleurs sur fond jaune vif, encadré d'un galon d'argent. Epoque Louis XIV.

Long., 1 m. 35 cent. ; larg., 1 mètre.

196 — Très grande chape en ancien brocart d'or, d'argent et de soie, dessin à fleurs sur fond de damas bleu, orfroi en soie Havane, à dessins de palmes tissés d'or. Epoque Louis XV.

197 — Grand panneau en soierie brochée gris perle, tissée d'argent, dessins à festons fleuris et points de dentelle sur fond gris perle. Epoque Louis XV.

Long., 1 m. 80 cent. ; larg., 1 m. 5 cent.

198 — Tapis en brocart d'or et de soie, dessin à bouquets de fleurs et palmes sur fond rose vif, encadré d'un galon d'argent doré. Epoque Louis XV.

Long., 1 m. 10 cent. ; larg., 1 m. 5 cent.

199 — Panneau en soierie brochée à bouquets de

fleurs sur fond crème, bordé de dentelle d'argent.
Epoque Louis XVI.

Long., 1 m. 90 cent. ; larg., 48 cent.

200 — Petit tapis de table en damas de soie bleue,
dessin ton sur ton broché d'or et de soie à
grands ramages fleuris. Epoque Louis XV.

Long., 1 mètre ; larg., 1 mètre.

201 — Petit tapis de table, broché d'or et d'argent,
dessin à tulipes sur fond de damas rose, encadré d'une dentelle d'argent. Epoque Louis XV.

Long., 1 mètre ; larg., 1 mètre.

202 — Grand panneau en soierie bleue pastel,
armurée, brochée d'argent, à branchages et festons fleuris. Epoque Louis XV.

Long., 1 m. 25 cent. ; larg., 2 mètres.

203 — Grand panneau en damas de soie rouge
groseille, broché de soie et d'or, dessin à couronnes et branchages de fleurs, encadré d'un
galon d'argent doré. Epoque Louis XV.

Haut., 2 mètres ; larg., 1 m. 25 cent

204 — Panneau en brocart d'argent sur fond vert
d'eau, dessin à parterre fleuri.

Long., 2 mètres ; larg., 55 cent.

205 — Bandeau en ancienne tapisserie de la Renaissance, offrant au centre un **médaillon** représentant deux personnages et **un amour** dans un

3

paysage, accosté de deux cariatides, et aux extrémités des vases chargés de fleurs et de fruits.

Haut., 55 cent.; larg., 1 m. 75 cent.

206 — Chasuble en soierie brochée d'argent et de soie, décor représentant des coupes remplies de fruits, posées sur un guéridon drapé, au-dessus desquelles sont suspendus des lustres, encadrés de fleurs et de colombes et de plumes de paons. Epoque Louis XV.

207 — Chasuble en brocart d'argent et de soie, dessin à fleurs et festons sur fond orange, garnie et bordée de galons d'argent. Epoque Louis XV.

208 — Chasuble en soie vert-mousse, brochée d'argent à bouquets de fleurs multicolores, garnie et bordée de galons d'argent. Epoque Louis XV.

209-210 — Deux dalmatiques en soie rose pêche, brochée et lamée d'or et d'argent et brodée de soie, dessin à branchages fleuris enguirlandés de festons, garnies et bordées de galons d'argent doré.

211 — Deux petits panneaux en broderie d'or et de soie, représentant des Saintes, appliqués sur fond de velours bleu. Epoque de la Renaissance.

212 — Deux petits tableaux représentant Saint Pierre
et Saint Paul en broderie d'or et de soie. Epoque
de la Renaissance. Cadres en bois sculpté, peint
et doré à feuillages, du temps de Louis XIII.

213 — Grande besace en ancien velours de Gênes
ciselé à fleurs en vert ton sur ton, garnie de
ses cordelières avec franges assorties.

214 — Devant d'autel en ancien velours de Gênes
à grands enroulements feuillagés et soleils sur
fond jaune lamé d'or.

215 — Petit panneau en broderie de soie rouge,
sur fond écru, dessin par bandes verticales,
offrant des oiseaux et des corbeilles fleuries au
milieu de volutes feuillagées. xvie siècle.

216 — Deux dessus de portes en ancienne broderie
de soies multicolores, de coraux et d'argent,
dessin à médaillons représentant des statuettes
de femmes allégoriques à l'Abondance et à la
Justice, au milieu d'enroulements feuillagés et
fleuris, sur fond tissé d'or. Epoque Louis XIII.

Haut., 70 cent.; larg., 1 mètre.

217 — Bannière en ancienne broderie de soie, à
branchages de fleurs, sur fond de soie crème,
ornée au centre d'une gravure coloriée représentant d'un côté la Vierge et l'Enfant Jésus, et
de l'autre côté le chiffre du Christ, encadré de
broderie de soie à fleurs. Epoque Louis XIII.

218 — Panneau en soie crème brodée d'or, d'argent et de soie, dessin à guirlandes de fleurs et de vigne au milieu d'élégants rinceaux feuillagés. Epoque Louis XIV.

Long., 2 m. 60 cent.; larg., 50 cent.

219 — Devant d'autel en satin crème, brodé en relief d'or, d'argent et de soie, offrant, au centre, la Vierge et l'Enfant Jésus au milieu d'enroulements fleuris et feuillagés. Époque Louis XIII.

Haut., 90 cent. ; larg., 2 mètres.

220 — Grand panneau en soierie brochée d'argent et de soie, dessin à festons fleuris sur fond rose-pastel, époque Louis XV, composé de sept lés de 1 mètre 5 centimètres de long et de 53 centimètres de large chacun.

221 — Tapis en ancien point de Hongrie, dessins rouge, vert, blanc et jaune.

Long., 80 cent., larg., 1 mètre.

222 — Tapis de table en ancien point de Hongrie, dessin à bandes de feuillages en rouge et vert sur fond blanc.

Long., 1 m. 15 cent,; larg., 1 m. 25 cent.

223 — Panneau en ancienne brocatelle de soie, à décor rouge de branchages de fleurs entrecroisées sur fond blanc argent. Époque Louis XIV.

Long., 1 m. 60 cent.; larg., 1 m. 30 cent.

224 — Panneau en ancienne brocatelle de soie rouge, dessin à grenades et feuillages sur fond blanc argent. Époque Louis XIV.

Long., 1 m. 50 cent.; larg., 1 m. 70 cent.

225 — Panneau en ancien brocart de soie et d'argent, dessin à branches d'œillets sur fond bouton d'or. Époque Louis XIV.

Long., 1 m. 70 cent.; larg., 1 m. 25 cent.

226 — Panneau en brocart de soie, à bouquets de fleurs sur fond tissé d'or. Époque Louis XIV.

Long., 1 m. 80 cent.; larg., 1 m. 50 cent.

227 — Panneau en brocart d'or, dessin à ramages fleuris et feuillagés, tissé de soies verte et rouge. Époque Louis XIV. Composé de cinq lés de 1 mètre de long sur 50 centimètres de large chacun.

228 — Grand panneau en soie jaune d'or, brodée d'argent et de soies multicolores, dessin à branchages d'iris mauves et autres fleurs enrubannées, encadré d'une dentelle d'argent. Époque Louis XV.

Haut., 1 m. 50 cent.; larg., 2 m. 50 cent.

229 — Grand panneau en ancien brocart d'or, d'argent et de soie, dessin à grands festons enguirlandés de branchages feuillagés et fleuris sur

fond bleu-pastel, encadré d'un galon d'argent doré. Époque Louis XIV.

Haut., 1 m. 90 cent. ; larg , 1 m. 90 cent.

230 — Grand panneau, tout en brocart d'or et d'argent tissé de soie, dessin à branchages feuillagés et fleuris, encadré d'un galon d'argent. Époque Louis XV.

Haut., 1 m. 90 cent. ; larg., 2 mètres.

231 — Portière en brocart d'argent sur fond rouge-cerise, ornée, au centre, d'un grand panneau en ancienne dentelle d'argent doré, de Venise; dessin par bandes de branchages et fleurs en relief. Époque Louis XIV.

Haut., 1 m. 85 cent.; larg., 1 m. 50 cent.

232 — Trois coussins en soie bleue, brochée or. Epoque Louis XV.

233 — Deux coussins en soierie, à dessins blancs, sur fond brun. Epoque Louis XIV.

234 — Deux coussins en velours vert et rouge ciselé, fond d'or. XVIIe siècle.

235 — Deux coussins en satin, ornés d'applications d'armoiries de cardinaux. XVIIe siècle.

236 — Grand coussin en soierie brochée d'argent, à fleurs, sur fond saumon. Epoque Louis XV.

237 — Grand coussin en velours de Gènes, à dessin
rouge, sur fond crème. Epoque Louis XIII.

238 — Coussin en velours rouge de Venise, orné
d'une armoirie ducale brodée d'or. xviie siècle.

239 — Petit panneau en satin jaune brodé de soie,
décor d'oiseaux au milieu d'arabesques fleuries
et feuillagées. xvie siècle.

240 — Panneau formé d'un devant de chasuble en
satin jaune brodé d'or, d'argent et de soie,
dessin à cygnes, pièces d'eau et enroulements
feuillagés, encadré de velours rouge de Venise,
surmonté d'une armoirie ducale. Espagne,
xviie siècle.

OBJETS D'ART

ET DE

CURIOSITÉ

D'ORIENT

ARMES

241 — Chanfrein vieux Yémen en fer forgé, orné de
rosaces ajourées et de pampilles en filigrane
d'argent.

242 — Chanfrein vieux Yémen en fer forgé, clouté
de cuivres dorés.

243 — Chanfrein vieux Yémen en fer forgé, orné de
pierreries, de rosaces et d'une plaquette en
argent, avec vestiges d'inscriptions.

244 — Harnachement de Bouchara en argent, incrusté
de turquoises et courroies en cuir recouvert de
velours vert, composé de trois pièces.

245 — Armure persane en fer gravé, incrusté d'or
et d'argent, à ornements et inscriptions, composée d'un pantalon et d'une tunique en cotte
de mailles, d'une rondache, d'un brassard et
d'un casque.

246 — Cuirasse en fer ciselé, bordure à entrelacs
feuillagés, composée de trois pièces.

247 — Petite armure persane en fer, à bordure de
cuivre composée de quatre pièces.

248 — Casque persan, de forme conique, en fer, avec
vestiges de dorure.

249 — Deux brassards en fer doré.

250 — Deux mors en fer forgé.

251 — Fusil arabe, à long canon, en fer incrusté
d'or et d'argent, crosse en bois incrusté d'argent et d'ivoire.

252 — Fusil de Bédouin, avec canon de Damas,
monture en cuivre gravé.

253 — Fusil turc, canon en fer de Damas à pans
incrusté d'or ; batterie en fer forgé incrusté
d'or ; crosse en bois garnie de cuivre gravé.

254 — Fusil persan en bois incrusté de nacre, avec
garniture et incrustations d'argent.

255 — Tromblon en fer incrusté d'argent.

256 — Tromblon, crosse en bois sculpté avec garniture d'argent doré, batterie et canon en fer
gravé.

257 — Pistolet persan à crosse incrustée de bois,
d'ivoire et cuivre ; canon de Damas.

258 — Pistolet, canon et batterie en fer, incrusté
d'or et d'argent ; crosse, forme boule garnie de
cuivre noir.

259 — Pistolet, monture en argent ciselé à feuillages
et fleurs, canon et batterie en fer gravé.

260 — Tromblon en bois sculpté incrusté d'argent, dessin de rinceaux fleuris, batterie et canon en fer presque entièrement incrusté d'or.

261 — Paire de pistolets en bois sculpté, avec garniture en cuivre et argent ; canon en fer incrusté d'or, batterie en fer gravé.

262 — Pistolet tout en argent ciselé et filigrané, dessin d'arabesques et de cloutage, canon en batterie gravé ; gaîne en velours rouge brodé de soie et d'argent.

263 — Paire de pistolets en bois sculpté, incrusté et garni d'argent, canon et batterie en fer gravé.

264 — Paire de petits tromblons en bois, avec garniture en argent ciselé à feuillages, canon de Damas incrusté d'or, batteries en fer. Signés : *Lepage, à Paris*. Gaîne en velours rouge brodé d'argent doré.

265 — Pistolet en bois incrusté et garni d'argent à trophées militaires, canon et batterie en fer entièrement incrusté d'or à feuillages et inscriptions ; dans une gaîne en velours brodé de soie et d'argent.

266 — Pistolet en bois ciselé et incrusté d'argent, à double canon en fer orné d'inscriptions et de

poinçons; dans une gaine en velours bleu brodé de soie à personnages.

267 — Yatagan oriental avec lame de Damas incrustée d'or et gravé, ornée d'inscriptions, poignée en argent niellé.

268 — Yatagan, lame de Damas à gouttière incrustée d'or, à ornements et inscriptions, poignée en corne et fer incrusté d'or.

269 — Yatagan, lame à gouttière courbe de Damas incrustée d'or, à inscriptions, poignée en dent de morse, garnie de fer incrusté d'or. fourreau en cuir orné d'argent.

270 — Yatagan, lame à double gouttière de Damas incrustée d'or, à ornements et inscriptions, poignée en dent de morse, étoilée d'argent, fourreau en cuir garni d'argent.

271 — Yatagan, lame de Damas incrustée d'argent, poignée en filigrane d'argent clouté, fourreau à garniture d'argent repoussé.

272 — Yatagan, lame à gouttière de Damas incrustée d'argent près du talon, poignée en corne garnie de turquoise et d'argent niellé, fourreau de velours rouge.

273 — Yatagan à lame de Damas incrustée d'or, à ornements et inscriptions, manche en jade vert,

garni d'argent, avec bague en turquoises, fourreau garni de cuivre doré, enrichi de turquoises et de coraux.

274 — Grand sabre d'honneur à lame courbe à gouttière incrustée d'or, à inscriptions près du
talon, fourreau et manche en argent repoussé et
doré, dessin à trophée militaire et arabesques
fleuris, pommeau incrusté de pierres précieuses.

275 — Grand sabre d'honneur à lame courbe et à
gouttière de Damas ciselée et incrustée d'or près
du talon, avec cartouche et inscriptions, garde
en argent gravé et doré, poignée en corne,
fourreau garni d'argent doré.

276 — Grand sabre de chambellan à lame courte de
Damas incrustée d'or, dessin d'inscriptions et
médaillons, garde en fer, manche en corne,
fourreau en cachemire garni de fer incrusté d'or,
offrant de nombreuses inscriptions.

277 — Grand sabre, lame de Damas à gouttière
ciselée d'inscriptions près du talon, garde en
argent, poignée en corne, fourreau en mosaïque
de bois et d'ivoire garni d'argent.

278 — Grand sabre persan, lame à gouttière de
Damas, poignée, garde et garniture du fourreau
en fer incrusté d'or, décor à fleurs.

279 — Sabre persan, avec lame de Damas incrustée
d'or à inscriptions, garniture du manche et du
fourreau en argent doré.

280 — Grand sabre persan, lame de Damas à gouttière incrustée d'or et gravée d'inscriptions
près du talon, manche en corne, fourreau garni
d'argent ciselé et repoussé.

281 — Sabre à lame droite de Damas, inscriptions
d'or sur toute la lame, manche en corne, garde
et garniture du fourreau en argent.

282 — Sabre persan à lame de Damas, avec cartouche incrusté d'or, manche en morse, garde et
garniture du fourreau en fer ciselé.

283 — Sabre à lame courbe de Damas, incrustée
d'or, à inscriptions, manche en corne, garde et
garniture du fourreau en argent, dessin de croissants.

284 — Sabre à lame courbe de Damas, incrustée
d'or, à inscriptions, poignée en corne, garde et
fourreau en argent, orné de croissants.

285 — Sabre avec lame à double gouttière de Damas, ciselée d'inscriptions près du talon, fourreau en cuir garni de cuivre.

286 — Sabre indien avec lame de Damas, garde
ajourée en fer incrusté d'or, pommeau côtelé.

287 — Sabre à lame courbe de Damas, complète-
ment recouverte d'inscriptions gravées et incrustées d'or, manche en corne, fourreau garni
de cuivre. Provient de la bataille d'Omdurman.
(Soudan.)

288 — Sabre à lame droite de Damas, ornée de de-
mi-croissants, poignée et garniture du fourreau
en cuivre gravé. (Soudan.)

289 — Lame courbe de Damas, à gouttière, incrustée d'or, à inscriptions.

290 — Sabre avec lame droite à gouttière de Damas, incrustée d'argent, poignée en bois mar-
queté de nacre, fourreau en cuir ciselé. (Abys-
sinie.)

291 — Grand poignard persan avec lame ondulée
de Damas, ciselée de feuillage et incrustée d'or,
poignée en jade vert avec applique en argent
et pierre rouge, fourreau en velours rouge
garni d'argent repoussé, gravé et doré à feuillages.

292 — Grand poignard Koungan avec lame de Damas à gouttière, incrustée d'or, à inscriptions,
manche en bois et fourreau garnis de fer incrusté d'or.

293 — Poignard avec lame de Damas, ciselée d'ins-

criptions en relief, poignée et garniture du fourreau en fer incrusté d'argent.

294 — Long poignard avec lame de Damas, ciselée en relief, manche en morse orné de pierreries, fourreau en argent, décor de rinceaux feuillagés.

295 — Poignard indien, lame ondulée de Damas, incrustée d'or à inscriptions, poignée et garniture du fourreau en argent enrichi de turquoises.

296 — Poignard, lame de Damas, incrustée d'or sur le dos et près du talon, poignée en jade vert, fourreau en argent à enroulements fleuris.

297 — Poignard avec lame de Damas à gouttières, incrustée d'inscriptions d'or, manche en albâtre, fourreau en argent repoussé à branches fleuries et orné de coraux.

298 — Poignard avec lame de Damas, inscrustée d'inscriptions d'argent, poignée et garniture du fourreau en fer incrusté d'argent.

299 — Poignard avec lame de Damas à double gouttière, incrustée de deux petits ornements d'or, poignée et fourreau de travail circassien en fer incrusté d'argent à dessin en relief.

300 — Poignard à large lame courbe de Damas, poinçonnée d'étoiles, poignée en dent de morse, fourreau en argent gravé et filigrane.

301 — Poignard à lame courbe de Damas, avec
arête centrale incrustée de fleurettes et arabesques en relief, manche en morse.

302 — Poignard droit à lame de Damas noire, à
arête centrale, poignée en fer incrustée d'or,
fourreau en brocart garni de cuivre repoussé et
doré.

303 — Poignard avec lame courbée de Damas, arête
centrale incrustée de caractères d'or, manche
en dent de morse sculpté à petits personnages
et inscriptions, fourreau en marqueterie de
bois, d'ivoire et de cuivre.

304 — Poignard à lame droite de Damas, incrustée
d'inscriptions dorées près du talon; manche en
fer avec vestiges d'incrustations d'or.

305 — Poignard, avec lame courbe, à triple pointe
de Damas, incrustée d'or; poignée et fourreau en
fer entièrement incrusté d'or.

306 — Petit poignard, avec lame de Damas, incrusté
près du talon; manche en jade vert, fourreau en
velours garni d'argent.

307 — Petit poignard, avec lame courbe de Damas;
poignée en jade incrustée d'or, fourreau en cachemire.

308 — Poignard du Yémen, avec large lame courbe
à arête centrale de Damas, incrustée de caractères d'or ; manche en corne, garni d'argent filigrané, fourreau en velours rouge et cuir orné
d'argent ajouré ; ceinture tissée d'argent.

309 — Deux poignards du Yémen, avec lames à
arêtes centrales de Damas ; fourreaux et manches
en argent filigrané, enrichis de pierreries.

310 — Coutelas en fer ciselé, orné de vestiges d'incrustations d'argent ; lame de Damas ciselée
près du talon.

311 — Coutelas en fer damasquiné d'or, à rinceaux
feuillagés ; lame triangulaire à gouttière de Damas ; fourreau en velours vert, garni d'argent.

312 — Kriss malais, avec lame ondulée ; manche
en bois des Iles sculpté et ivoire, fourreau garni
d'argent gravé.

313 — Grand kriss indien, avec lame de Damas ;
poignée en argent repoussé, à décor de feuillages et tête chimérique, fourreau garni d'argent gravé.

314 — Deux couteaux, avec lames ornées d'inscriptions gravées ; manches en bois sculpté, fourreaux en cuivre ajouré et gravé.

315 — Très petit poignard circassien en argent niellé.

316 — Service de chasse, composé de deux couteaux à lames de Damas et d'une fourchette à trois dents ; manches en ivoire gravé d'inscriptions, fourreau en argent repoussé, à trophées et filigrane.

317 — Service de chasse, avec couteaux à lames de Damas ; monture incrustée d'or, manches en morse, fourreau en mosaïque de bois et d'os.

318 — Deux haches persanes en fer ciselé et incrusté.

319 — Neuf lances du Soudan.

320 — Bouclier en peau d'éléphant, avec massue en bois de fer, deux peaux de panthères et deux amulettes porte-versets du Coran. (Soudan).

321 — Deux boucliers en peau d'hippopotame (Afrique centrale).

322 — Ceinturon vieux Yémen, avec cartouchière et poudrière ; garniture en argent filigrané et ciselé, orné de pierreries.

323 — Ceinturon vieux Yémen, avec cartouchière et poudrière ; garniture en argent clouté et filigrané.

324 — Poudrière en acier, forme poire, incrustée d'or.

325 — Poudrière du Yémen en fer, garni de cuivre.

326 — Poudrière persane en argent gravé, à fleurs.

327 — Poudrière persane en argent repoussé, à écussons et coquilles.

328 — Poudrière persane, en forme d'oiseau, en cuivre incrusté d'argent.

329 — Poudrière persane en fer incrusté d'or.

330 — Poudrière en fer uni; garniture en fer découpé.

331 — Deux baguettes pour pistolets en fer gravé, avec poignées à anses mobiles en argent ciselé.

332 — Trois baguettes, dont deux garnies de cuivre et une marquetée d'ivoire.

332 *bis* — Manche de gong en bois des Iles et sceptre de chambellan.

ARGENTERIE, BIJOUX

333 — Service à café turc en argent repoussé et
ciselé, dessin à inscriptions et feuillages, composé d'un plateau, d'une cafetière et de huit
porte-tasses.

334 — Œuf d'autruche, gravé et décoré au noir,
offrant les environs d'une ville d'Orient et des
inscriptions; monture en filigrane d'argent.

335 — Gobelet en argent repoussé, à entrelacs
fleuris et inscriptions.

336 — Petit triptyque en bois finement sculpté, représentant une Descente de croix, monture en
filigrane d'argent. Travail ancien d'Arménie.

337 — Chapelet de la Mecque en bois sculpté et
ambre.

338 — Cadenas arabe ancien en cuivre gravé.

339 — Plaque de ceinture en bronze émaillé en
jaune et blanc. Travail ancien de Perse.

340 — Ceinture ornée d'une boucle en argent doré,
enrichie de turquoises et de quatre petites appli-
ques analogues. Travail persan.

341 — Collier du Yémén, filigrane d'argent, et coraux sculptés à côtes.

342 — Paire de bracelets de pieds en argent ajouré.
Travail arabe.

343 — Fume-cigarettes en argent, à corps de dauphin, bout en ambre.

344 — Collier du Yémen en argent, à pampilles.

345 — Collier du Yémen en argent doré, à pampilles, enrichi de turquoises.

346 — Deux bracelets souples en argent, se terminant en têtes d'animaux. Travail de l'Inde.

347 — Paire de grandes boucles d'oreilles en argent, enrichies de turquoises et autres pierreries. Asie-Mineure.

348 — Pendentif en filigrane et argent ciselé. Travail ancien de l'Inde.

349 — Amulette en argent repoussé; dessin représentant une femme à corps de poisson, et des inscriptions.

350 — Porte-amulette en trois parties et suspendu à une chaîne; dessin de filigrane et inscriptions. Travail ancien arabe.

351 — Ceinture brochée d'argent, avec boucle en broderie de perles fines et de pierres vertes.

352 — Ceinture en métal ciselé, dessin d'écailles.

353 — **Bracelet** composé de onze scarabées.

354 — Deux colliers en perles bleu - turquoise. Égypte.

355 — Petite tête d'une statuette égyptienne en marbre vert.

356 — Grande boucle en argent repoussé et doré, à corbeilles de fleurs, fermoir forme double aigle, orné d'un grenat incrusté.

357 — Grande boucle en cuivre ciselé et doré, à coquille et oiseau, enrichie de pierres rouges et vertes.

358 — Collier en corail avec amulettes, fermoir en filigrane d'argent. Côtes d'Arabie.

359 — Six cachets anciens de Perse, gravés d'inscriptions.

360-361 — Quatre pierres dures gravées anciennes de Perse, offrant de nombreuses inscriptions, montures émaillées et ornées de turquoises.

362 — Ornement de coiffure en argent doré, orné de strass et de piécettes. Orient.

363 — Collier ancien à sept rangs, orné de médaillons en argent, à sujets religieux, enrichis de pierreries. Travail de style byzantin.

364 — Trois cuillers orientales avec coquilles en corne et manches en corail sculpté.

CUIVRES, LAQUES

365 — Torchère en ancien cuivre gravé de Perse.
Signée.

366 — Aiguière et son bassin en cuivre gravé,
orné de rosaces en émail champlevé.

367 — Plat rond en cuivre gravé de Mossoul, incrusté d'argent, décor à rosaces et inscriptions.

368 — Fourneau de narghilé en émail peint de Perse,
représentant des bustes de femmes.

369 — Jardinière en cuivre gravé d'Orient, à inscriptions et médaillons.

370 — Lampe de mosquée en cuivre gravé et ajouré,
ornée d'inscriptions.

371 — Très grand plateau en cuivre gravé, incrusté
d'or et d'argent, dessin à rosaces ornementées
de fruits, de feuillages et d'inscriptions.

Diam., 68 cent.

372 — Écritoire en argent finement gravé de Perse,
dessin à branchages fleuris et inscriptions.

373 — Écritoire en laque de Perse, à feuillages et
fleurs sur fond jaune.

374 — Reliure en laque de Perse, représentant une chasse au lion.

375 — Reliure en laque de Perse, à fleurs sur fond d'or. Signée.

376 — Miroir en laque de Perse, représentant une réunion de famille.

377 — Écritoire en laque de Perse, à petits personnages.

378 — Coffret rectangulaire en laque de Perse, décoré sur toutes ses faces de scènes représentant les envoyés de Louis XIV devant le Chah; charnières et chaînettes en argent.

379 — Coffret rectangulaire en laque, fond rouge à branchages fleuris.

380 — Reliure en laque de Perse, représentant une chasse.

OBJETS DIVERS, MANUSCRITS

381 — Bouteille en faïence persane, décor en bleu sur bleu et à reflets métalliques.

382 — Porte-coran en mosaïque de bois et d'ivoire.

383-384 — Deux schiboucks garnis d'étoffes de soie et d'or, avec embouchures en ambre et bagues en cuivre émaillé.

385 — Deux statuettes de femmes égyptiennes agenouillées en bois sculpté et peint.

386 — Boîte à pinceaux en bois sculpté et peint. Égypte.

387 — Quatorze statuettes, reproductions de momies et divinités égyptiennes en terre cuite et faïence émaillée bleue, ornées de hiéroglyphes.

388 — Cadre renfermant huit miniatures sur ivoire : Portraits de radjahs et de princesses des Indes.

389 — Cinq émaux persans, décors de personnages.

390 — Statuette en bronze vert : Ramsès.

391 — Groupe en terre cuite de Tanagra : Jeune mère portant son enfant et ayant près d'elle un cygne.

392 — Statuette de Tanagra : Femme assise, drapée dans son péplum et tenant un fruit de la main gauche.

393-394 — Quatre petites amphores anciennes en terre cuite peinte de Grèce, offrant des petits personnages.

395 — Lampe en terre cuite, peinte noire, goulot à mascarons. Fouilles de Corinthe.

396 — Petite coupe à deux anses en terre cuite peinte noire. Fouilles de Corinthe.

397 — Petit vase en terre cuite, peinte; panse ornée d'une chimère. Fouilles de Corinthe.

398 — Grand manuscrit arabe à grands caractères, ornementés et enluminés sur fond d'or; couverture en cuir brun, gravé et doré.

399 — Livre de prière gréco-byzantin, orné de peintures et enluminures; reliure en cuir gravé et doré sur fond rouge, représentant le Christ en croix, avec fermoirs en argent ciselé.

400 — Manuscrit byzantin, à sujets religieux, avec frontispices enluminés.

401 — Deux manuscrits persans, ornés d'enluminures sur fond d'or; reliure en cuir, parties dorées, à fleurs.

402 — Petit coran persan, avec frontispices à enluminures; reliure en laque.

TAPIS, ÉTOFFES,

403 — Grand tapis de Perse, à dessin polychrome sur
fond gros-bleu, bordure fond jaune. Fin du xv^e
siècle. Etat remarquable de conservation.

Long., 3 m. 80 cent.; larg.; 1 m. 80cent.

404 — Tapis rectangulaire de Perse, à motifs ornementés en polychrome, sur fond rouge-brique,
bordure fond crème. xvie siècle.

Long., 3 m. 50 cent.; larg., 1 m. 90 cent.

405 — Grand tapis de prière à double colonnes et
aiguières en polychrome sur fond rouge, bordures à médaillons rouge et bleu-turquoise sur
fond jaune. Mosquée de Konish, xvie siècle.

Long., 2 mètres; larg. 1 m. 50 cent.

406 — Grand tapis persan, à motifs ornementés en
bleu, rouge et jaune, sur fond gros-bleu, bordure fond jaune. Commencement du xviie siècle.

Long., 3 m. 40 cent.; larg., 2 m. 15 cent.

407 — Tapis persan, à grands médaillons scarabées,
polychromé sur fond rouge, bordure rose-sau-
mon. xviie siècle.

Long., 3 m. 70 cent.; larg., 1 m. 60 cent.

408 — Tapis de prière ancien de Perse, fond velouté,
dessin à bandes verticales, dit Cachemire, bordure fond crème à médaillons hexagonaux.

Long., 1 m. 40 cent.; larg. 1 m., 10 cent.

310

409 — Tapis ancien de prière persan, fond vert, bordure de dix rangées en crème, rouge, jaune et bleu-turquoise.

Long., 1 m. 75 cent.; larg., 1 m. 20 cent..

450

410 — Tapis ancien de Perse, à parterre de fleurs multicolores sur fond bleu, bordure fond crème à arabesques feuillagées et fleuries.

Long., 4 m. 30 cent.; larg., 1 m. 90 cent.

200

411 — Tapis de prière arabe de Bagdad, en satin rouge-cerise, broché de soie et d'or, dessin central en forme de portique orné de vases fleuris. XVIIe siècle.

Long., 1 m. 85 cent.; larg., 1 m. 10 cent..

412 — Tapis de prière ancien de Karamanie, fond rose à triple bordure, fond blanc-crème, jaune et rose, dessin à rosaces multicolores.

Long., 1 m. 80 cent.; larg., 1 m. 5 cent.

400

413-414 — Deux tapis longs de Perse, à reflets veloutés, fond rouge-clair, à parterres ornementés, encadrés d'une triple bordure, fonds bleu-turquoise et jaune à fleurs.

Long., 4 m. 60 cent.; larg., 1 mètre.

250

415-416 — Deux tapis-chemins anciens de Perse, dessins à parterre de palmettes sur fond vieux rose, à quadruple bordure, dessins à rosaces multicolores sur fond brun, reflets veloutés et inscriptions dans les coins.

Long., 4 m. 20 cent.; larg., 95 cent.

417 — Grand panneau ancien de Recht (du palais de Mazenderan). Commencement du xviie siècle.

Long., 5 mètres; larg., 2 m. 50 cent.

418-419 — Deux anciens panneaux de Recht, dessin à motifs étoilés et fleuris sur fond jaune, à quadruple bordure (du palais de Mazenderan). Commencement du xviie siècle.

Long., 5 mètres ; larg., 1 m. 20 cent.

420 — Portière indo-persane, fond jaune d'or, brodé et orné de paillettes, bordure fond saumon, décor aux paons au pied d'un arbre fleuri et inscriptions.

421 — Grande couverture de selle de l'émir de Bouchara en velours rouge brodé d'or, d'argent et de soie, à branchages fleuris et feuillagés, et rosaces barrées, encadré d'ancienne frange bleu-turquoise.

422 — Grande couverture de selle ancienne de l'émir de Bouchara, brodée et pailletée d'or et d'argent, encadrée de franges anciennes de soie rouge.

423 — Dessus de selle ancien de Perse, fond gros bleu, à bordure et ornements polychromés, garni de franges de soie jaune.

424 — Robe d'honneur de l'émir de Bouchara en velours rouge-groseille brodé d'or et d'argent à

jardinières fleuries et lambrequin ornementé, doublée de moire rose.

425 — Tunique persane en soie brochée d'or et de soie à rayures rouges et vertes, dessin à inscriptions et petites rosaces.

426 — Tunique persane en brocart de soie rose saumon, à dessins d'anneaux superposés et de branchages fleuris.

427 — Grande portière en vieille broderie Janina, à dessins de branchages fleuris en bleu et rouge, sur fond crème, encadrée d'une large bordure en soie rose brodée d'argent et d'or, à fleurs.

Long , 3 m. 5 cent.; larg., 1 m. 90 cent.

428 — Couverture ancienne en satin orange brodé d'argent, à grands bouquets de marguerites.

Long., 1 m. 80 cent.; larg., 1 m. 60 cent.

429 — Echarpe en soie de Mossoul, tissée d'or et d'argent, dessin polychrome, garnie de franges.

430-431 — Deux tapis en broderie d'argent, sur fond de velours vert émeraude de Scutari, encadrés de velours, dessin à étoiles et arabesques.

432-433 — Deux petites portières de mosquée en velours de Scutari brodé d'or, ornées de trois médaillons offrant des inscriptions, sur fond de velours rouge.

434-435 — Deux panneaux en ancien velours de
Scutari, dessin à vases fleuris, sur fond rose
saumon.

436 — Deux panneaux en ancien velours de Scutari, dessin au soleil et à la couronne de fleurs
en vert et rouge, sur fond crème.

437 — Petite couverture de selle de Bouchara en
ancien velours, fond rouge brodé d'or et d'argent, offrant au centre un médaillon ornementé,
encadrée de franges de soie.

438 — Panneau en ancienne broderie de Rhodes, à
dessin de fleurs en vert et rouge, sur fond
écru.

439 — Bandeau en ancienne broderie de soie, à
jardinière fleurie et paons, de style byzantin.

440 — Pièce en ancien velours de Kachan ciselé, à
quadrillés et fleurs en vert, sur fond rouge.

441 — Fragment de tapis persan-portugais, de l'é-
poque du xvie siècle, fond rouge et bleu, à volatiles et fleurs.

442 — Echarpe tissée d'argent et d'or, à rayures
verticales. Travail ancien de Perse.

443 — Echarpe en ancien brocart d'or et de soie
de Perse, dessin à rayures verticales ornées de
branchages fleuris.

444 — Napperon en ancien brocart de Perse, tissé
d'or et de soie, fond rose pèche, à rayures on-
dulées rouges et vertes.

445 — Deux dessus de coussins en satin rose,
ornés d'ancienne application brodée de soie et
d'argent, à fleurs et soleils. Travail turc.

446 — Petit napperon rectangulaire en ancienne broderie au cordonnet de soie et d'argent, à feuillages ; au centre, fond d'or ; bordure fond d'argent.

447 — Devant de cheminée en ancienne broderie de
Rhodes, à dessin rouge sur fond crème.

448 — Bande en ancienne broderie de Rhodes, à
dessin rose sur fond crème.

449 — Petit tapis en velours vert-émeraude, brodé
d'or et d'argent, à inscription, avec médaillon
central, fond rouge. Travail turc.

450 — Châle en ancien cachemire de l'Inde, à dessin
polychrome sur fond rouge ; médaillon central,
fond noir.

451 à 453 — Dix écharpes en ancienne broderie d'or,
d'argent et de soie, dessin à fleurs, fruits et feuillages sur fond de batiste. Travail ancien d'O-
rient.

454 — Costume complet ancien de femme grecque,
tout en broderie d'or, d'argent et de soie, composé d'une tunique, d'un boléro et d'une jupe.

455 — Grande portière en ancienne broderie de Bouchara, dessin à grandes palmes rouges et branchages verts sur fond crème.

Long., 2 m. 50 cent. ; larg., 1 m. 85 cent.

456 — Grande portière en ancienne broderie de Bouchara, dessin à rosaces et fleurs en polychrome.
Centre représentant une porte de mosquée.

457 — Broderie turque, fond vert, à dessin en paillettes d'or et d'argent.

458 — Quatre coussins en brocart de soie d'Orient,
à rayures multicolores.

459 — Deux coussins en broderie de soie, dessin
de branchages de fruits sur fond crème. xviii[e]
siècle.

460 — Carré en ancien brocart de Perse, tissé d'or,
décor de fleurs et palmes.

OBJETS D'ART

ET DE

CURIOSITÉ

D'EXTRÊME-ORIENT

BRONZES, ÉMAUX CLOISONNÉS

461 — Grand brûle-parfums en bronze, parties cloisonnées, posant sur un dragon enroulé, anses et couvercle formés de dragons.

462 — Jardinière en bronze ancien, ornée de feuilles de vigne cloisonnées.

463 — Vasque en bronze, à patine foncée, ornée de lambrequins en émail cloisonné.

464 — Vase en bronze ancien, patine claire, tacheté d'or.

465 — Cornet, à quatre faces, en bronze ancien, patine claire tachetée d'or ; anses ajourées.

466 — Grand vase en ancien émail cloisonné, offrant tout au pourtour des chrysanthèmes et des ornements fleuris, bordure à lambrequins, anses à anneaux mobiles. Signé et portant une inscription.

Haut., 65 cent.

467 — Grand brûle-parfums, forme animal chimérique, en ancien bronze, orné de motifs cloisonnés.

468 — Brûle-parfums en ancien bronze frotté d'or, représentant un animal chimérique supportant une pagode à deux toits.

469 — Vase en bronze ancien, à patine verte, cerclé d'ornements niellés ; socle en bois.

470 — Brûle-parfums, forme quadrupède, en bronze ancien, parties cloisonnées.

471 — Buire en ancien bronze, offrant sur la panse des chevaux ailés ; anses forme serpents.

472 — Deux brûle-parfums, forme quadrupèdes, en bronze, ornés de cachets cloisonnés ; couvercles surmontés de chimères.

473 — Coupe en bronze, supportée par les flots, posant sur un socle en bois.

474 — Grande vasque en ancien bronze cloisonné, à décor d'ornements en polychrome, sur fond bleu-turquoise ; anses à têtes d'animaux. Signée.

475 — Vase en bronze offrant en relief des mangoustes sur des branches de vignes, parties cloisonnées.

476 — Vase, porté par un éléphant, en bronze, parties émaillées.

477 — Cornet, à quatre faces, en bronze cloisonné à lambrequins, anses à têtes d'oiseaux.

478 — Vase en bronze niellé d'argent, dessin à dragons à cinq griffes, anses à mufles de lions.

479 — Chimère en bronze et émail, jouant avec une boule.

480 — Vase en bronze, parties cloisonnées, dessin à lambrequins et étoiles, anses avec anneaux mobiles.

481 — Vase en bronze, décoré de cartels cloisonnés décorés de volatiles.

482 — Jardinière en bronze cerclé d'une bande cloisonnée, à dessin rouge, vert, jaune sur fond bleu-turquoise.

483 — Vase à six pans en bronze, parties cloisonnées.

484 — Petit brûle-parfums en bronze, parties cloisonnées ; couvercle surmonté d'une chimère.

485 — Deux brûle-parfums en bronze, parties cloisonnées, forme oies.

486 — Deux petits brûle-parfums lobés en bronze cloisonné, dessin à fleurs, couvercles ajourés.

487-488 — Deux très grands plats en bronze ciselé en relief représentant des chimères au milieu de rochers et des personnages dans un paysage. Signés.

489 — Vase en bronze, à patine rouge, décoré de deux dragons cloisonnés. Signé.

490 — Grand vase en ancien bronze gravé à ornements, orné sur les saillies de boucles ajourées ; anses à têtes d'oiseaux et bordures incrustées d'argent.

491 — Vase, à anse mobile, en bronze patiné vert, cerclé de cloisonné en polychrome et bleu turquoise.

492 — Vase en bronze à patine verte, orné en relief de trois cachets incrustés d'argent.

493 — Deux petits brûle-parfums en bronze, formés par des personnages assis sur des animaux.

494 — Petite statuette en bronze : Personnage assis jouant de la flûte.

495 — Plat en bronze, bordure forme vannerie.

496 — Plat en bronze, décor représentant divers animaux. Signé.

497-498 — Cinq plats en métal, représentant des divinités et autres personnages.

PORCELAINES, FAIENCES,

GRÈS

499 — Vase en porcelaine, décor aux dragons
impériaux, en jaune sur fond noir. Socle en bois.

500 — Vase en porcelaine, décor à mandarins sur
fond bleu fouetté.

501 — Bouteille à long col en porcelaine bleu-fouet-
té, décor à poissons ailés en rouge et or.
Socle en bois sculpté.

502 — Vase à quatre faces en porcelaine, décor aux
dragons à cinq griffes et poissons sur fond vert
foncé. Socle en bois sculpté.

503 — Grand vase à pans en porcelaine, décorée de
nombreux personnages.

504 — Vase à anse mobile en ancienne porcelaine
de Chine vert-mousse.

505 — Paire de grands vases en porcelaine de
Chine, dessin à dragons en furie au milieu de
nuages sur fond jaune impérial.

506 — Bouteille en ancienne porcelaine, décor à
paysage traversé par un cours d'eau en bleu et
vert.

507 — Assiette en porcelaine de Chine, offrant deux dragons à cinq griffes sur fond jaune impérial.

508 — Bouteille en porcelaine, décor en relief à dragons au milieu des nuages sur fond jaune impérial. Socle en bois sculpté.

509 — Plat rond en porcelaine, décor représentant des animaux de toutes espèces sur fond jaune, décor extérieur à cachet et branchages fleuris.

510 — Petit vase, forme cylindrique, décor gravé aux dragons verts sur fond blanc.

511 — Théière, à décor analogue.

512 — Potiche, forme boule, décor aux chauve-souris et cachets en rouge et or sur fond blanc, couvercle en bois sculpté, orné d'une applique en jade. Socle en bois noir.

513 — Porte-pinceaux en ancienne porcelaine ajourée à dragons.

514 — Vase, décor de cachets dorés sur fond rouge-corail.

515 — Brûle-parfums sur socle adhérent, en grès émaillé vert, couvercle en bois sculpté et ajouré.

516 — Deux chimères en grès émaillé vert et jaune.

517 — Vase en porcelaine, décor de poisson rouge
sur fond mousse.

518 — Tasse avec son couvercle en porcelaine ajourée et à double fond, décor de branchages fleuris en polychrome. Socle en bois.

519 — Cassolette en porcelaine, décor de dragons à
cinq griffes au milieu de nuages en bleu et rouge sur fond vert-pâle. Socle en bois sculpté.

520 — Vase à col évasé en porcelaine bleue fouettée,
à dessins dorés. Socle en bois.

521 — Gourde à panse aplatie, en grès émaillé bleu-
turquoise, décor d'enfants jouant.

522 — Vase en porcelaine, décor de dragons à
cinq griffes en or sur fond rouge corail.

523 — Grand bol en ancien céladon, orné d'inscriptions persanes sur fond vert-pâle.

524 — Bol en céladon vert, décor gravé ancien sous
couverte. Socle en bois.

525 — Deux potiches du Japon, décor à cartels
d'animaux, de volatiles et d'objets d'ameublement sur fond de feuillages fleuris, émaillés en
relief.

526 — Petite potiche, craquelée vert-pré, couvercle
et socle en bois sculpté.

527 — Vase du Japon, décor à cartel de réunion de personnages et cavaliers réservés sur fond émaillé en relief.

528-529 — Deux grands plats en grès émaillé du Japon, décor en relief à personnages et guerriers sur fond de pointillé.

530 — Assiette, forme octogonale, en porcelaine de Corée du dragon vert.

531 — Petit plat rond en porcelaine, décorée de chauve-souris et cachets en rouge et or.

532 — Plat creux en ancienne porcelaine, décor à branchages fleuris en blanc sur bleu.

533 — Grand plat rond en porcelaine, réunion de personnages sur fond noir.

534 — Plat rond en porcelaine, décor de fleurs en polychrome sur fond bleu.

535 — Assiette creuse, décorée de rosaces et cachets en bleu, rouge et or.

536 — Assiette en porcelaine, dessin aux dragons impériaux rouge et or.

537 — Grand plat creux en ancienne porcelaine, décor à animal fantastique en bleu sur bleu

538 — Plat creux en ancienne porcelaine, famille
rose, décor d'arbustes fleuris.

539 — Assiette creuse en porcelaine, décor au
poisson en rouge sur fond blanc gravé.

540 — Plat en grès émaillé, décor au tigre, bordure
à cartels de paysages.

541 — Assiette creuse, offrant au centre deux personnages dans une barque et des inscriptions.

542 — Assiette, offrant un personnage debout, sur
fond rouge corail.

543 — Assiette, décor polychrome aux dragons
impériaux, fond gravé.

544 — Assiette en ancienne porcelaine, représentant
un pèlerin accompagné d'un antilope.

545 — Grand plat creux en porcelaine, représentant un combat de cavaliers.

546 — Plat creux en porcelaine, décor à oiseau de
paradis au milieu de branchages fleuris.

547 — Grand plat rond, décoré par compartiments
de scènes familiales, de fleurs et volatiles.

548 — Petit vase en porcelaine, décor à poisson
dans un filet, en bistre sur fond blanc.

549 — Vase en grès émaillé, à figures d'enfants en relief.

550 — Divinité ancienne, tenant un sceptre, en grès émaillé.

551 — Vase à petit goulot en porcelaine, dessin à vol de cigognes au milieu de nuages en bleu et rouge, sur fond blanc.

552 — Petite assiette, décor au dragon doré, sur fond bleu.

553 — Bol en porcelaine de Kaga, pâte coquille d'œuf, décoré de personnages et de dragons intérieurement et extérieurement.

554 — Petit vase en porcelaine, offrant un animal fantastique, sur fond violacé.

555 — Vase en ancienne porcelaine, décor de chimère au-dessus des flots en bleu, vert et jaune, sur fond de pointillé.

556 — Vase, décor flambé rouge sang de bœuf. Socle en bois sculpté.

557 — Vase en porcelaine, décorée de chimères en gris et vert, sur fond jaune à reflets métalliques. Socle en bois sculpté.

558 — Paire de vases en ancien Satzuma, offrant sur la panse des enfants jouant.

559 — Bouteille de Satzuma, représentant des personnages assis dans un paysage.

560 — Deux petites coupes de Satzuma, représentant des philosophes.

561 — Brûle-parfums de Satzuma, offrant des cartels à nombreux personnages, posant sur un socle forme dragon enroulé ; couvercle surmonté d'un oiseau de paradis.

562 — Paire de vases, offrant des réserves de femmes et enfants au milieu de souriants paysages.

563 — Bonbonnière, de forme lenticulaire, de Satzuma, décor représentant un cavalier traversant un fleuve.

564 — Petite sébile de Satzuma, dessin à cartels de personnages.

565 — Petit brûle-parfums de Satzuma, posant sur trois pieds ; couvercle en rouge et entrelacs dorés.

566 — Vase en vieux Satzuma, offrant des combats de guerriers ; anses formées de chimères dorées. Signé. Socle en bois.

567 — Deux plats de Satzuma, décor à personnages.

568 — Deux petites potiches, décor de lambrequins
bleus et branchages fleuris ; couvercle surmonté
d'un enfant et d'une chimère.

569 — Petit flacon à quatre faces, Satzuma, décor
aux dragons.

570 — Potiche de Satzuma, dessin à personnages
et offrant tout autour, en bas-relief, des bouddhas
auréolés ; couvercle surmonté d'un personnage
assis.

571 — Petite potiche, de forme hexagonale, de Satzuma, décor de personnages ; pieds à têtes d'élé-
phants.

572 — Grand plat rectangulaire, à bords relevés,
offrant une réunion de nombreux personnages.

573 — Petit flacon à thé de Satzuma, à quatre faces,
décor d'oiseaux et fleurs sur fonds blanc et bleu ;
couvercle ajouré en métal.

574 — Petite potiche, forme boule, de Satzuma,
décor d'éventails et fleurs ; couvercle en métal
ajouré.

575 — Petit vase de Satzuma, décor d'entrelacs et chrysanthèmes sur fond gros bleu.

576 — Flacon à thé, à pointes de diamants, décor de fleurs sur fond gros bleu.

577 — Paire de très petites potiches de Satzuma, de forme hexagonale, décor à personnages et fleurs.

578 — Vase de Satzuma, formé de deux poissons émergeant des flots.

JADES, IVOIRES

OBJETS DE VITRINE

579 — Écran d'autel en bois de fer sculpté et ajouré,
le haut orné de plaques en jade blanc et au
centre d'une plaque ronde en jade vert sculpté et
ajouré, représentant des dragons en furie accos-
tés de deux chimères en cristal de roche, le
bas offrant un oiseau de paradis.

580 — Coupe de jade blanc veiné de vert ; socle en
bois sculpté.

581 — Petit groupe en jade finement sculpté et
ajouré, représentant un cerf et des volatiles au
milieu d'arbres feuillagés ; socle en bois.

582 — Groupe en ambre sculpté, représentant une
divinité assise ; socle en bois sculpté.

583 — Coupe à anses et coupe lobée en racine de
jade sculptée à feuillages.

584 — Groupe en jade sculpté, représentant des
petits personnages et des animaux près d'un
rocher ; socle en bois sculpté.

585 — Petite coupe en jade finement évidée, ornée
sur le pourtour de cloutés ; socle en bois sculpté.

586 — Petit vase cylindrique en racine de jade mouchetée.

587 — Groupe en ivoire : Marchand de fruits accompagné de deux enfants. Signé.

588 — Statuette en ivoire ancien : Personnage aux prises avec un serpent. Signée.

589 — Statuette en ivoire : Paysan tenant un animal.

590 — Groupe ancien en ivoire : Singe et perroquet.

591 — Statuette en ivoire : Pêcheur de crabes.

592 — Statuette en ivoire : le Fauconnier.

593 — Statuette en ivoire : Guerrier courant.

594 — Statuette en ivoire : le Marchand de tortues.

595 — Groupe en ivoire : Divinité au dragon.

596 — Statuette en ivoire : Bouddhiste. Signée.

597 — Statuette en ivoire : Personnage à l'écran. Signée.

598 — Groupe en ivoire ancien : Personnage et enfant.

599 — Petit groupe en ivoire ancien : Mascarade.

600 — Groupe de deux squelettes en ivoire.

601 — Poignard ancien en ivoire sculpté, offrant en
bas-relief de nombreux artisans.

602 — Grand sabre en dent de morse sculptée,
offrant en bas-relief de nombreux artisans.

603 — Sabre en laque décorée, avec garde et appli-
ques en fer incrusté d'or.

604 — Petit sabre en os sculpté, offrant en bas-
relief des personnages.

605 à 618 — Collection intéressante de soixante flacons à bétel et à tabac en jade, sardoine,
agate, cristal de roche, ambre, verre, porcelaine,
émail cloisonné, grès et biscuit, avec bouchons
en pierreries sertis d'or et d'argent.

619 à 623 — Dix-huit netzukés en bois et ivoire
sculptés, représentant des personnages, des
animaux et des fruits.

624 à 629 — Vingt amulettes en jade, cristal de
roche, lapis lazuli, améthyste, chrysophrase,
malachite et autres matières, représentant des
animaux, des petits personnages et des volatiles.

630 — Petit écran minuscule en lapis lazuli sculpté ;
socle en bois noir.

631 — Netzuké en argent ciselé et ajouré, décor à
vol de cigognes.

632 — Trois plaquettes de sceptres, dont deux ajourées, en jade sculpté.

633 — Coupe-papier, forme sceptre, en jade vert et
deux bracelets en jade brun veiné.

634 — Petit groupe de trois personnages en jade
blanc ; socle en bois sculpté.

635 à 643 — Suite de soixante-quatorze boutons en
ivoire et bois finement sculptés, en or, en argent,
en bronze, en émail cloisonné et en fer. La
plupart signés.

644 — Collier en filigrane d'argent émaillé à fleurs
et cachets. Chine.

645 — Bol en laque rouge de Pékin, orné d'inscriptions.

646 — Vase d'applique en cuivre à branchages, orné
d'une plaque en jade sculpté. Chine.

BOIS SCULPTÉS, ÉMAUX

LAQUES, OBJETS DIVERS

647 — Grand groupe en bois sculpté, représentant
un personnage à cheval, accompagné de quatre
serviteurs, sur un rocher.

648 — Groupe en bois noir, incrusté d'argent, représentant une divinité assise sur une fleur de
lotus et ayant près d'elle deux enfants.

649 — Divinité assise sur une fleur de lotus en bois
sculpté, peint noir, vert et or.

650 — Quatre panneaux en laque d'or, incrustés
d'ivoire et de nacre; dessin à personnages. Encadrés.

651 — Deux petits panneaux analogues.

652 — Cantine de forme octogonale, en laque d'or,
décor de fleurs et portant les cachets des
Daï-Mono, avec ses cordelières de soie rouge.

653 — Trois panneaux en laque d'or, ornés d'applications d'ivoire, de nacre et de laque, décor à
personnages dans des paysages.

654 — Garniture pour la chasse en vieux laque du
Japon, aux armes des Daï-Mono, composée de

quatre flacons, quatre tubes et autres acces-
soires.

655 — Petit Bouddha debout en bois sculpté, avec
auréole dorée.

656 — Divinité assise en bois sculpté, sur socle en
bois noir ajouré.

657 — Statuette de prêtre assis dans un fauteuil en
bois sculpté.

658 — Petit Bouddha assis sur une fleur de lotus en
bois sculpté, renfermé dans une pagode en bois
laqué rouge.

659 — Divinité assise sur une fleur de lotus, posant
sur un rocher, en bois sculpté, dans une pagode
en laque noire.

660 — Sabre en bois sculpté, dessin de dragons.

661 — Sabre avec fourreau laqué, garde ajourée.

662 — Inro en bois sculpté et peint, forme poisson.

663 — Miroir en bronze, à feuillage. Chine.

664 — Couteau à manche et fourreau en bois sculpté,
forme chimère.

665 — Couteau en bois sculpté et laqué, à figure.

666 — Coffret en bois du Tonkin, incrusté de nacre, dessin à petits personnages.

667-668 — Deux armures japonaises complètes.

669 — Paire d'étriers en fer incrusté d'argent.

670 — Garniture d'autel en cuivre émaillé, décorée intérieurement et extérieurement de branchages, de volatiles et d'inscriptions en polychrome sur fond d'or, composée d'un brûle-parfums, d'un vase et d'une cassolette à offrandes, posant sur des socles en bois sculpté et ajouré.

671 — Théière côtelée, dessin de branchages fleuris sur fond bleu turquoise.

672 — Boite à thé en émail, décorée de vases sur fond bleu-verdâtre.

673 — Vase en émail peint de la Chine à médaillons de personnages sur fond jaune fleuri,

674 — Plat creux en émail peint, dessin offrant des oiseaux de paradis au milieu de branchages.

675 — Petit plat creux en émail, à bordure lobée en émail peint à petits personnages.

676 — Petit plat creux en émail, dessin à cachet, et chimère sur fond rose.

677 — Bassin creux en émail peint, fond bleu à cachet et branchages fleuris.

678 — Grand plat en émail peint à branchages fleuris sur fond bleu.

679 — Cinq petites tasses avec leurs soucoupes en émail peint à décors variés.

680 — Gourde côtelée en émail cloisonné, décorée de motifs ornementés et fleuris.

PEINTURES, KAKÉMONOS

681 — Deux kakémonos représentant des paysages.

682 — Grand rouleau représentant les divers drapeaux et signaux en usage dans l'armée chinoise. Provient du Palais d'Été.

683 — Peinture tibétaine représentant une divinité.

684 — Kakémono représentant des bouddhistes, orné d'inscriptions.

685 — Kakémono représentant un prêtre assis dans un fauteuil, orné d'inscriptions.

686 — Kakémono représentant une divinité portant un emblème. Signé.

687 — Kakémono représentant deux gardiens auprès d'une divinité debout sur un tertre.

688 — Kakémono représentant un cavalier soutenu par deux personnages. Signé.

689 — Kakémono représentant un coq. Signé.

690 — Petit kakémono représentant cinq divinités.

691 — Kakémono représentant une divinité assise sur une fleur de lotus.

692 — Album de dessins de Shinowara.

693 — Suite de vingt-cinq estampes japonaises représentant des personnages, des scènes variées, des paysages. Signées des principaux maîtres du Japon.

694 à 696 — Trois grands panneaux en tapisserie au cordonnet et broderie de soie, de fils d'or et d'argent, dessin à combats de dragons sur fond gris-perle.

697 — Lambrequin de pagode, formé de petits panneaux accouplés en soierie brodée offrant des branchages fleuris, des inscriptions et des petits paysages.

698 — Grand bandeau en soie, fond jaune brodé de soie, décor représentant des chimères ailées et des cachets au milieu des nuages.

699 — Bandeau en satin vert, brodé de soie multicolore à fleurs et papillons.

700 — Bandeau en satin blanc, brodé de branchages fleuris en soie polychrome.

701 — Robe de mandarin en étoffe rouge-écarlate, brodée de soie et d'argent au dragon impérial planant au-dessus des flots.

702 — Tunique de mandarin en satin bleu brodé d'or et de soie.

703 — Bandeau en satin vert, brodé de soie polychrome, dessin de cigognes, fleurs et poissons.

704 — Deux petits bandeaux en satin crème, brodé
de soie et d'or, représentant un éléphant entre
deux petits personnages.

705 — Dessus de porte en satin crème et jaune,
brodé de soie et d'argent, et orné d'inscriptions
noires.

706 — Trois panneaux en soie, dessin à petits personnages dans des paysages, sur fond saumon.

707 — Panneau en soie brochée, vieil or brodé de
soie représentant un dragon et un oiseau de
paradis.

708 — Petit tapis carré en soie rouge, brodée de
branchages fleuris en bleu et caractéres en noir.

709 — Panneau en soie fond bleu, tissée à carre-
lages.

710 — Panneau brodé de soies multicolores représentant deux oiseaux de paradis au milieu de
branchages fleuris, bordure à fleurs et attributs
symboliques.

711 — Bandeau en soierie rouge brochée de Chine,
brodée de fleurs.

712 — Petit napperon en soierie brochée, fond orange
brodé de soie bleue à fleurs.

713 — Petit panneau en soie brochée rouge, dessin
offrant une divinité debout sur une tête de
dragon.

714 — Tunique de mandarin en satin rouge brodé
de soie et d'or, dessin aux dragons planant au-
dessus des flots et au milieu de nuages.

715 — Objets omis.

TABLEAUX

COELLO (Ecole de Sanchez)

716 — *Portrait présumé du duc d'Albe.*

En buste, et presque de face, le cou serré d'une fraise ornée de larges guipures, il est vêtu d'un pourpoint de buffle jaune, recouvert d'une magnifique cuirasse en fer et or repoussé ; il porte le collier de la Toison-d'Or.

Toile. Haut., 75 cent.; larg., 63 cent.

COELLO (Ecole de Sanchez)

717 — *Portrait présumé de la duchesse d'Albe.*

En buste de trois quarts à gauche, des joyaux dans la chevelure, le cou encadré d'une large fraise à grands motifs de guipure, vêtue d'une robe jaune ; elle porte sur la poitrine le collier d'un grand ordre d'Espagne.

Toile. Haut., 66 cent.; larg., 56 cent.

COTES

718 — *Portrait d'une Jeune Femme.*

De face, elle est vêtue d'un corsage de satin bleu décolleté.

Pastel.

Haut., 59 cent.; larg., 45 cent.

COURBET (Gustave)

719 — *Baigneuse.*

Étude non terminée.

Haut., 91 cent.; larg., 72 cent.

COURTIN

720 — *Le Bain de Diane.*

Signée et datée au verso.

Toile. Haut., 24 cent.; larg., 32 cent.

DROUAIS (École de Hubert)

721 — *Portrait de Louis XV jeune.*

A mi-corps, et de face, il est vêtu d'un habit de velours rouge, tenant de la main droite le cordon du Saint-Esprit, la main gauche est posée sur la couronne royale.

Cadre en bois sculpté.

Toile. Haut., 75 cent.; larg., 57 cent.

ÉCOLE ALLEMANDE (xvie siècle)

722 — *L'Entrée de Jésus à Jérusalem.*

Bois. Haut., 61 cent.; larg., 66 cent.

723 — *Saint Pierre sortant de sa Prison.*

Bois. Haut., 63 cent.; larg., 75 cent.

ÉCOLE ALLEMANDE (xvᵉ siècle)

724 — *Saint Pierre crucifié.*

Curieux ensemble, dont la peinture ancienne paraît n'avoir subi aucune retouche.

Bois. Haut., 68 cent.; larg., 73 cent.

ÉCOLE ESPAGNOLE (xvɪᵉ siècle)

725 — *Tête de Vierge.*

Cuivre. Haut., 28 cent.; larg., 23 cent.

ÉCOLE ESPAGNOLE (Commencement du xvɪɪᵉ siècle)

726 — *Portrait de Femme âgée.*

Coiffée d'un bonnet blanc, recouvert d'un capuchon noir, des grosses perles sur le front; elle porte un costume brun.

Toile. Haut., 69 cent.; larg., 55 cent.

ÉCOLE FRANÇAISE (xɪxᵉ siècle)

727 — *Récréation champêtre.*

Toile. Haut., 24 cent.; larg., 32 cent.

ÉCOLE FRANÇAISE (xɪxᵉ siècle)

728 — *Pêches et Raisins posés sur un entablement de pierre.*

Toile. Haut., 54 cent.; larg., 64 cent.

ÉCOLE HOLLANDAISE (Comm[t] du xvie siècle)

729 — *Les Saintes Femmes au pied de la Croix.*

Bois. Haut., 98 cent.; larg., 75 cent.

(Ancienne Collection Schiff).

ÉCOLE HOLLANDAISE (xviie siècle)

730 — *Portrait d'Homme..*

En buste et de face, colleté d'une large fraise à petit tuyautage; vêtu d'un pourpoint de buffle brun.

Toile. Haut., 66 cent.; larg., 55 cent.

ÉCOLE ITALIENNE (xviiie siècle)

731 — *Tête de Vieillard aux écoutes.*

Pastel.

Haut., 55 cent.; larg., 41 cent.

ÉCOLE VÉNITIENNE (2e moitié du xvie siècle)

732 — *Jésus guérissant un paralytique.*

Toile. Haut., 59 cent.; larg., 1 m. 15 cent.

EVERDINGEN (Attribué à)

733 — *Chute d'eau.*

Au pied d'un village, orné de grands arbres, un torrent roule ses eaux écumantes en cascade au milieu de grosses roches.

Bois. Haut., 72 cent.; larg., 55 cent.

FLINCK (Attribué à GOVAERT)

734 — *Portrait de Femme.*

A mi-jambes, vêtue d'un corsage décolleté de velours bleu, à jupe rouge, elle tient un vase posé sur une table, ayant une palme dans la main gauche.

Toile. Haut., 88 cent.; larg., 70 cent.

GIOTTO (Ecole de)

735 — *Tête de Vierge sur fond d'or.*

Bois. Haut., 28 cent.; larg., 22 cent.

GRIMOUX (D'après)
(DEUX PENDANTS)

736 — *Un Jeune Pèlerin.*

Une Jeune Pèlerine.

Toiles. Haut., 70 cent.; larg., 62 cent.

HÉDA (Ecole de)

737 — *Natures mortes.*

Huîtres et citrons dans des plats d'étain posés sur une table.

Bois. Haut., 61 cent.; larg., 47 cent.

KUELLER (École de GODFRIED)

738 — *Portrait d'un jeune Guerrier.*

Presque de face, à mi-corps, coiffé d'une haute perruque, il porte un habit richement orné de broderies d'arabesques d'or, recouvert d'une magnifique cuirasse fer et or finement ciselée.

Toile. Haut., 90 cent.; larg., 71 cent.

LARGILLIÈRE (École de NICOLAS)

739 — *Portrait d'Homme.*

La chevelure poudrée à frimas, il porte un habit de brocart d'or, le buste à demi enveloppé d'un manteau de velours bleu.

Cadre en bois sculpté.

Toile. Haut., 83 cent.; larg., 67 cent.

MARTIN DES BATAILLES

740 — *Choc violent de cavalerie près d'une rivière, à l'entrée d'une ville.*

Toile. Haut., 55 cent.; larg., 71 cent.

MICHEL (GEORGES)

741 — *Paysage.*

Terrain découvert par un temps d'orage.

Toile. Haut., 54 cent.; larg., 66 cent.

MIERIS (École de Guillaume)

742 — *Portrait d'un Bourgmestre.*

Sous les arcades d'un porche à jour, il est re-
présenté debout jusqu'aux genoux, coiffé d'un bonnet de fourrure, vêtu d'un habit de velours bleu,
gilet et culotte jaune, accoudé du bras droit sur un
entablement, la main gauche appuyée sur sa canne ;
au fond, à droite, les douves de l'entrée d'une ville.

Toile. Haut., 62 cent.; larg., 50 cent.

MIGNARD (École de Nicolas)

743 — *Portrait du comte d'Harcourt.*

Toile. Haut., 60 cent.; larg., 50 cent.

PIAZETTA

744 — *Vieillard de profil, les mains jointes.*

Cadre en bois sculpté.

Toile. Haut., 37 cent.; larg., 41 cent.

REMBRANDT (École de)

745 — *Portrait présumé du père de Rembrandt.*

Bois. Haut., 32 cent.; larg., 32 cent.

TASSAERT (École d'Octave)

**746 — *Jeune Fille, les mains jointes, implorant la
bonté divine.***

Toile. Haut., 72 cent. ; larg., 63 cent.